角落小夥伴

善用時間
的方法

監修
御茶水女子大學附屬小學教師
藤枝 真奈

前言

時間就像珍貴的寶物。

因為時間一旦逝去，就無法挽回，
過去的時間無法回溯。
時間也無法說停就停。

所以，我們必須珍惜自己的時間！

在這本書中，為了幫助大家珍惜時間，
將提供各式各樣的祕訣。

沉醉在自己喜愛事物中的時間、
和家人或朋友快樂共度的時間、
當然也教你如何充實利用時間、
以及快速完成非做不可的事，
有許許多多的訣竅！

來吧！和角落小夥伴一起來閱讀吧！

曬太陽

2

角落小夥伴是什麼？

搭電車，一定坐在角落的位子，
去咖啡店，一定盡可能坐在角落的位子……
只要待在角落，不知為何總讓人感到「安心」呢？
怕冷的「白熊」、缺乏自信的「企鵝？」、
被吃剩（！？）的炸豬排、害羞的「貓」、
隱瞞真實身份的「蜥蜴」等等，
有好多看似有點消極，卻又充滿獨特個性的
「角落小夥伴」們！

這本書，是為了喜愛「角落小夥伴」的你，
一起思考「善用時間」的方法。
透過圖表或問答題，
一起掌握迎接快樂每一天的祕訣吧！

乘涼～

3

為大家介紹登場的
每一位角落小夥伴

【角落小夥伴們的簡介】

白熊

來自北方，
怕冷又怕生的熊。
最怕冬天。
喜歡熱茶、被窩等
溫暖的東西。
手很巧。

在角落喝熱茶的時候
最讓他安心……

貓

個性害羞，
在意身型。
膽量小，
常把角落讓給其他人。
個性謙和又溫柔，
或許因為過度在意他人，
常常覺得疲累。

貓解除壓力的方法是
搓粉圓。

企鵝？

對於自己是不是企鵝？
缺乏自信。
以前頭上
好像有個盤子⋯⋯
每天都忙著尋找自我。

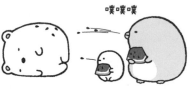

嘎嘎嘎

我行我素

炸豬排

炸豬排的邊邊。
1% 瘦肉，
99% 油脂。
因為太油膩，
被吃剩下來⋯⋯

炸物雙人組的祕密
滋哇～

偶爾會泡個油澡
回炸一下。

蜥蜴

其實是倖存的恐龍。
擔心會被捕捉，
所以假扮成蜥蜴。
隱瞞著大家⋯⋯

最喜歡母親。

5

【角落小小夥伴們的簡介】

炸蝦尾

因為太硬而被吃剩下來⋯⋯
與炸豬排是
心靈相通的好友。

常和同為炸物好朋友
又是吃剩好朋友的
炸豬排在一起。

粉圓

奶茶先被喝完,
因為不好吸,
所以被喝剩下來。

黑色粉圓

比一般的粉圓個性更加彆扭。

裹布

白熊的行李。
有各式各樣的用法。

偶爾會洗一洗

雜草

希望有一天能
被花店製作成花束!

不放棄夢想

偽蝸牛

揹著殼的蛞蝓。
其實角落小夥伴們
已經發現牠是蛞蝓。

對大家說謊,
心裡有點過意不去⋯

飛塵

常常聚集在角落
無憂無慮的一群。

耶~!
~!
周圍
有很多

麻雀

普通的麻雀。
對炸豬排很感興趣,
常常來偷啄一口。

好奇裹布裡面
裝了什麼……

占位子

幽靈

住在閣樓的角落裡。
不想嚇到人,
所以躲躲藏藏。

喜歡有趣的事物。
打開嘴巴怕會嚇到人,
所以儘可能閉緊嘴巴。

山

崇拜富士山的
小山。
出現在溫泉區,
假扮成富士山。

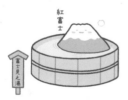

紅富士

只要泡溫泉
就會變紅富士

富士見之湯

企鵝(真正的)

白熊住在北方時
認識的朋友。
來自遙遠南方,
正在世界各地旅遊。

友善的個性
不管是誰
都能馬上變成好朋友

炸竹筴魚尾巴

因為太硬
而被吃剩下來。
覺得沒被吃掉很幸運
個性積極正面。

感情融洽

鼴鼠

曾住在地底的角落裡。
因為上頭太嘈雜,
心生好奇
而首次到地面上來。

嘎唭
嘎唭

模仿
其他角落小夥伴。

目次

啦啦啦~

第 **1** 章

「時間」是什麼？

第2章

成為「時間大師」！

目次

第**3**章

設定適合自己的時間計畫！

第 **1** 章

「時間」
是什麼？

你想過什麼是時間嗎？
其實，時間對每個人來說，都是切身相關的問題。
一起來想一想吧！

時間到底有多少？

關於時間，
你認識多少？
☑一起來打勾勾！

☐ 1天有24小時。

☐ 1小時分成一半，各30分鐘。

☐ 10分鐘重複6次，是1小時。

☐ 1星期有7天。

☐ 星期一之後是星期二，接著依序是星期三、
星期四、星期五、星期六、星期日。

☐ 俗話說：「時間就是金錢」，意思是
「時間像金錢一樣重要」。

你有幾個勾勾呢？

6個

答對6個的你，
非常了解時間，說不定你是「時間大師」喔！
你的日常生活很有時間觀念。

4～5個

答對4～5個的你，對時間有一定的認識。
只要再多了解一點，
一定可以過得越來越生氣蓬勃！

1～3個

答對1～3個的你，從今天起，開始留意時間吧！
關於時間，還不知道的事情是什麼呢？
仔細看看時鐘或日曆，或許就能找到答案。

0個

一個都沒答對的你，時間是很重要的喔。
平常都是幾點起床呢？
學校一堂課是幾分鐘？
從關注時間做起，一起努力吧！

注意時間
是認識時間的第一步！

注意時間，並不是困難的事。

現在是幾點幾分呢？

再過幾分鐘，就必須要出門？

從這些小地方開始就可以。

能好好運用時間，

不只能挑戰更多事情，

也能成為更值得被信賴的人，好處多多。

培養「時間感」

「時間感」是指感覺時間的能力。
培養這項能力的重點有2個。

1. 常常看時鐘

時鐘不僅能告訴我們現在幾點，
還能告訴我們已經過去了多少時間、
還剩下多少時間。
當我們養成看時鐘的習慣，
就可以逐漸培養出感覺時間的能力！

2. 常常看日曆

日曆不僅像時鐘一樣，告訴我們今天是幾月幾日星期幾，
還能知道離朋友的生日還有多少天？
這個月已經過了多少天等等。
為了隨時都能看到，
請放在房間明顯的位置。

每天都要做的事大約需要花多少時間？

想一想
大約
各花多少時間？
能答出幾個呢？

睡覺

___小時 ___分鐘 左右

從起床
到抵達學校

___小時 ___分鐘 左右

從放學回家
到晚餐前

___小時 ___分鐘 左右

從晚餐
到睡覺前

___小時 ___分鐘 左右

你答出了幾題呢？

4 題

你日常生活對時間非常有意識喔。
很棒！也想一想看電視、睡覺，
各花了多少時間吧。

2～3 題

答出 2～3 題的你，答對了哪幾題呢？
今天起，事情開始和結束的時候，都看一下時鐘吧。

0～1 題

答出 0～1 題的你，每天都過得悠悠哉哉的吧？
其實，只要多留意花了多少時間，
說不定能增加更多快樂時光喔。

一起來認識
時間有多少吧

睡覺、上學、吃飯這些事情，

每個人每天都得做。

那麼，這些事情要花多少時間呢？

這麼想一想，

安排一天的時間運用，

就變得容易多了。

畫一畫時鐘！

要了解做哪件事情用了多少時間，只要畫一畫時鐘就能知道。

 例如

 睡覺的時間，一共有

 9小時

  把使用的時間塗起來！

睡覺

晚上 ～ 早上

起床到上學前

上午

放學後到吃晚餐前

黃昏

晚餐到睡覺前

晚上

回想一下
一天的過程！

上學的日子
除了吃飯外
還會做哪些事呢？
☑ 請打勾！

□ 刷牙
□ 洗臉
□ 上廁所（大便）
□ 換衣服
□ 準備手帕或面紙
□ 把睡衣拿去洗
□ 隨身物品檢查
□ 其他（　　　　）

早上

黃昏

（放學回家後）

□ 把聯絡簿交給家長
□ 寫功課
□ 和朋友一起玩
□ 從事自己的愛好
□ 學才藝
□ 幫忙做家事
□ 其他（　　　）

□ 看電視
□ 玩遊戲
□ 洗澡
□ 刷牙
□ 準備明天的隨身物品
□ 其他（　　　　）

晚上

（睡前）

20

你有幾個勾勾呢？

早上時做的事

早上需要快速完成很多事呢。
起床到上學這段時間很短，
如果可以按照順序進行，會順利許多。

黃昏時做的事

黃昏時，有很多時間可以做自己喜歡的事呢。
趕快把該做的事情完成，就可以把時間花在開心的事情上。

晚上時做的事

晚上要做的事，比想像中的還要多。
因為上床的時間是固定的，
所以要想一想，什麼時候要做一定得做的事。

21

回想一下！
每天都做了哪些事？

試著寫下自己在一天中，

做了哪些事。

例如：刷牙、洗臉，每天都一定要做的事情；

玩遊戲、讀書等，自己喜歡做的事；

還有學才藝等家裡訂下的學習計畫…，

時間總是不知不覺的流逝了呢。

了解自己如何使用時間很重要，

這樣才能有效安排

自己必須要做的事和想做的事。

睡著了嗎？

試著畫個圓餅圖!

把一天24小時畫成一個圓餅圖,了解自己的時間運用!

例如

白天
12點

3點

學校

8點

7點 早餐

上午
上學前的準備

6點

睡眠

自由時間

作業
晚餐
洗澡等

下午
6點

8點

9點

12點

晚上

試著畫畫看!

白天
12點

上午
6點

下午
6點

12點

晚上

23

哪些是
必須要做的事？

「必須要做的事」
符合的請打勾☑！

A

- □ 刷牙
- □ 洗臉
- □ 洗澡
- □ 幫忙做家事
- □ 學才藝
- □ 上廁所

B

- □ 看電視
- □ 玩遊戲
- □ 和朋友一起玩
- □ 讀書或看漫畫
- □ 上網
- □ 無所事事

哪邊比較多勾勾？

A 比較多

沒做反而會困擾自己的事，就是「必須做的事」。
A 幾乎都是「必須做的事」。不做的話，
之後一定會後悔，身體健康會受影響。

B 比較多

B 大多是快樂的事。
和朋友一起玩，彼此感情會越來越好；
讀書或漫畫、可以學習很多事物等等，都是「做了會開心的事」。
其實，B 是屬於最好在 A 做完之後，再做的「想做的事」喔。

決定先後順序就好喔

「必須做的事」與「想做的事」

想一想哪一個應該先做？

「想做的事」是讓自己快樂的事，

所以常常令人忘我，花了很長的時間。

如果這樣的話，

「必須做的事」的時間就變少了。

不如先把「必須做的事」做完，無事一身輕。

如此一來，

就能更享受「想做的事」。

試著這麼做看看吧！

「必須做的事」和「想做的事」配對，一起完成吧。

例如

先

洗澡之後……

後

看電視

大家
一起做做看！

先

後

先

後

27

「必須做的事」
怎麼安排？

換作是你，會怎麼做？

 寫功課

START

想要寫功課，
但是喜歡的電視節目
要開始了！怎麼辦？

 看電視

A 不看電視
先寫作業

B 趕快寫作業
再看電視

C 邊看電視
邊趁空檔寫功課

D 先看電視
再寫功課

哇

A　不看電視，先寫作業

能放棄看電視的你，非常果決喔。
下次可以先把節目錄影下來，或是早點確認節目開始的時間，
兩全其美。

B　趕快寫作業，再看電視

趕快完成「必須做的事」，很棒喔。
作業有沒有亂寫？
有需要訂正的地方嗎？

C　邊看電視，邊趁空檔寫功課

兩件事一起做也是一個方法。
但是，兩邊都無法專心，可能會浪費更多時間。
下次先把必須做的事做完吧。

D　先看電視，再寫功課

想先做喜歡的事吧？
之後，如果能順利完成作業，這個方法也可以。
但是注意不要因為睡覺時間快到了，
覺得寫功課很麻煩而亂寫喔。

想一想如何制定
「時間表」

「必須做的事」決定什麼時候做了嗎？

只是在想「什麼時候要做」，不知不覺就會延遲了，

甚至可能拖拖拉拉。

如此一來，慢慢就越來越沒動力。

所以，建議先設定時間表：

「吃晚餐後幫忙做家事15分鐘，

之後可以玩30分鐘的電玩」等等。

依照時間表完成時，

電玩時間會更有趣喔。

★「時間表」意指

…事先預定要做的事。也可稱為「計畫」。

試試看做個迷你時間表

一起來規畫 2～3 小時的迷你時間表。

1.先把待做事項作成卡片

幫忙做家事 15 分鐘

刷牙睡前準備 15 分鐘

玩電玩 30 分鐘

洗澡 30 分鐘

寫功課 30 分鐘

看電視 1 小時

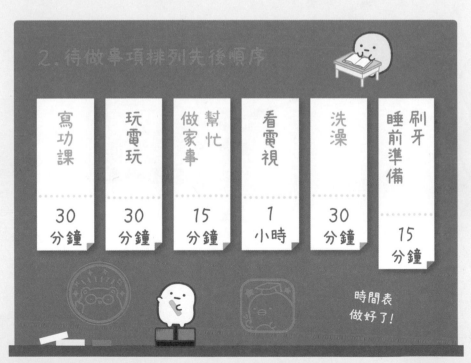

2.待做事項排列先後順序

寫功課 30 分鐘

玩電玩 30 分鐘

幫忙做家事 15 分鐘

看電視 1 小時

洗澡 30 分鐘

刷牙睡前準備 15 分鐘

時間表做好了！

是否
依照時間表進行？

你會
照著預定時間表
來安排時間嗎？

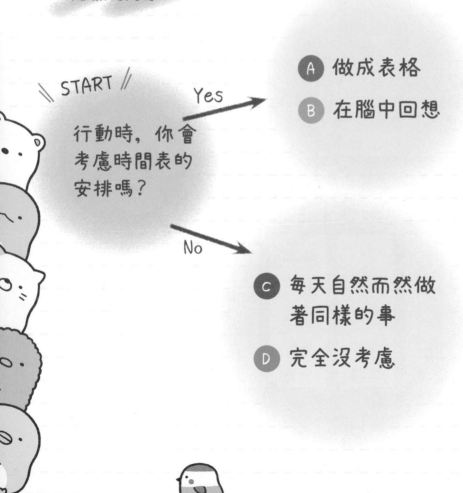

START

Yes

行動時，你會
考慮時間表的
安排嗎？

No

A 做成表格

B 在腦中回想

C 每天自然而然做
著同樣的事

D 完全沒考慮

A 做成表格

做成表格真的很棒！
時程安排一目了然，
不清楚的地方，也可以立刻確認。

B 在腦中回想

你總是一邊想，一邊動作吧！
只是在心裡回想著，可能會不小心就忘記了。
做成隨時可以查看的表格，會更放心喔。

C 每天自然而然做著同樣的事

就算沒有時間表，你也能確實做好每件事吧。
每一天該做的事都沒漏掉嗎？
試試寫下來檢視一下。

D 完全沒考慮

每天想做的事都不一樣。
每天照表操課真的不太容易，對吧？
但是請試著把「不做不行的事」列出來試試。
這就是時間表喔。

依著時間表推進
也很快樂喔！

為了不要浪費時間，訂立時間表是很重要的。

所以，訂好時間表後，

首先必須要努力照表操課。

不需要寫得非常詳細，

依自己的步調，訂立時間表就可以。

一邊推進進度，一邊想想是否有依著時間表的安排？

時間的安排應該就會越來越熟練了。

善用時間表的訣竅!

要怎麼做,才能謹守時間表?

1. 把時鐘放在身邊

不管做什麼事,盡可能把時鐘放在身邊,
一邊留意該完成的時間,一邊進行。
「還剩下10分鐘」,養成時時留意時間的習慣,
應該就能在時間到之前,完成既定事項。

2. 超時的時候, 先停下來

做不完,超過預計時間時,
請先暫停正在做的事。
思考一下還要幾分鐘才做得完眼前的事,
想想要繼續做完,還是先做下一件事。
停下來想想來不及依計畫做到的事,
該如何完成是很重要的。

3. 時間表不要太過細瑣

時間表訂得太細瑣,不容易逐項達成。反而會讓人心生厭煩而放棄。
一開始訂立時間表時,可以訂得寬鬆一點,慢慢習慣依表進行就可以。

「壓線完成型」？
「遊刃有餘型」？

平日如何安排
自己的時間呢？
符合的請打勾☑！

□ 上學或外出前的準備
　　當天早上才做。

□ 投入在自己喜歡做的事時，常常忘記時間。

□ 馬上能完成的事，會等一下再處理。

□ 東西常常忘記放哪裡，到處找。

□ 抬頭看時鐘，會突然嚇一跳。

□ 朋友相約時，經常遲到。

你有幾個勾勾呢？

6個

6個勾勾的你屬於「壓線完成型」呢。
可能每次都是在期限時間完成，
試試抬頭看一下時鐘，努力在時間到之前10分鐘完成它。
這麼做之後，體會一下是什麼感覺。

3～5個

3～5個勾勾的你，大概比較接近「壓線完成型」。
打勾勾的是哪幾項呢？
下次做這些事時，
有意識的試試看提前完成吧。

1～2個

1～2個勾勾的你，大概比較接近「遊刃有餘型」。
是哪一項拖到最後一刻呢？
想一想是什麼原因讓你來不及。

0個

你屬於「遊刃有餘型」。
提前做好準備，就能更加有餘裕輕鬆應對，
不必急躁。

▲「餘裕」是指
…有多餘的時間或還有剩下的時間。

37

比起「壓線完成」
「遊刃有餘」更懂得利用時間！

「壓線完成型」的人，是不是常發生

「趕著準備出門」、

「趕到集合地點，正好時間到」的情形呢？

「壓線完成型」的人、常常因為慌忙而忘東忘西，

凡事倉促追趕，導致常常出錯必須補救。

如果能比預定時限早一點「遊刃有餘」的話，

不只有時間檢查，做起事來也更有餘裕，

減少失敗的機會。

如何成為「遊刃有餘型」?

首先,為行動預留更充足的時間。為了不遲到,
記住約定時間,並盡量提早5分鐘抵達約定地點。

耶～!

需要花多少時間呢?

★ 自己家到學校

大約 ⬭ 分鐘

★ 自己家到補習班

大約 ⬭ 分鐘

★ 自己家到車站或巴士站

大約 ⬭ 分鐘

★ 自己家到常去的朋友家

大約 ⬭ 分鐘

★ 自己家到常去的公園

大約 ⬭ 分鐘

★ 自己家到常去的超市
　或超商

大約 ⬭ 分鐘

塞車

你有多少時間可以運用呢？

你會
善用時鐘嗎？

START

你會常看
時鐘嗎？

Yes →

A 做事前後都會看

B 偶爾會看

No →

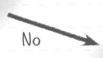
C 由朋友或家人告訴我時間

D 完全不看

看、看不到……

Ⓐ 做事前後都會看

不管做什麼，開始前與完成後都看一下時鐘，
馬上可以知道花了多少時間。
證明你已經能很好的運用時鐘！

Ⓑ 偶爾會看

會留意時鐘，很棒喔。
下次試著好好確認時鐘幾點了，
就能知道一共花了多少時間。

Ⓒ 由朋友或家人告訴我時間

因為朋友或家人的告知，才想到要去看時鐘。
下次試試自己抬頭看看時鐘，親身感受一下時間的存在。

Ⓓ 完全不看

看不到時鐘或是身邊沒有時鐘嗎？
如果是的話，
把時鐘移到看得到的地方，方便知道時間。
一定能幫助你發現更多事情！

時間是最好的朋友！

太在意時間安排

是不是會覺得沒辦法做自己喜歡的事？

其實，正好相反！

如果能按時完成應該做的事，

不只能有更多空閒、更多餘裕，

心情也感覺更輕鬆。

和時間做朋友，好處多多。

好好運用時鐘

時鐘可以讓我們確認還剩下多少時間，
規畫一下，怎麼做可以來得及去公園。

4點
在公園集合

現在是
3點15分
所以

還有
45分鐘

30分鐘內
完成作業。
走到公園大約10分鐘，
5分鐘前可以抵達！

調整
「生活節奏」！

生活節奏
是正確的嗎？
以下正確
請打勾☑！

□ 每天起床時間
　都不一樣

□ 有時
　不吃早餐

□ 有時會
　吃太多零食

□ 常常熬夜

每天起床時間都不一樣

每天早上在固定的時間起床，
可以讓一整天的生活節奏步上正軌。
鬧鐘設定在同一個時間，每天都在同一個時間起床吧。

有時不吃早餐

吃早餐可以提供一整天的能量。
不吃早餐，身體會不好，
所以每天一定要吃早餐喔。

有時會吃太多零食

零食吃太多，晚餐可能會吃不下。
晚餐吃不下，
半夜可能會肚子餓……
小心不要吃太多零食！

常常熬夜

晚上好好睡覺，是讓每天的節奏步上正軌的重點。
就算還不想睡覺，到了睡覺時間，
也一定要上床喔。

調整好生活節奏！

我們身體裡都有一個名為「生理時鐘」，

眼睛看不到的時鐘。

如果不在固定的時間起床、睡覺

「生理時鐘」就會慢慢偏離，身體健康也會受影響。

相反的，如果能每天都在相同的時間做同一件事，

調整好生活節奏，身體就會變好。

為了塑造健康的身體，

你是不是也想學會如何掌握時間呢？

調整生活節奏的祕訣

晚上好好睡，白天不賴床。
接下來看看要怎麼做？

早上

照陽光

我們的身體都會認知
太陽升起就是早晨。
拉開窗簾、充分沐浴在陽光下吧。

伸展身體

想賴床爬不起來時，
在被窩裡抖動一下手腳、
盡情舒展一下身體。
自然就會清醒了。

晚上

泡澡

泡在溫熱的浴缸裡，
讓身體放鬆，
能睡得更好。

睡前讓大腦淨空

睡前遠離電玩或手機。
過度刺激腦部，
容易睡不好。

好好
利用假日！

放假日
是如何度過的呢？

Ⓐ 學才藝
或補習

Ⓑ 整理房間

Ⓒ 外出
或出遊

Ⓓ 沒計畫,
做喜歡做的
事

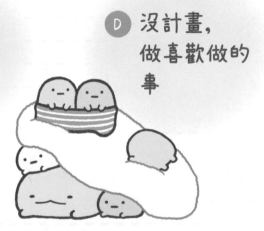

A 學才藝或補習

只有假日才有充裕的時間可以學才藝或補習。
盡情投入，享受其中吧！

B 整理房間

平日沒時間整理或澈底打掃的話，
假日打掃也是不錯的選擇。
房間變乾淨，心情也會變好。

C 外出或出遊

和家人一起外出，
或約朋友出遊，真的很快樂呢。
有別於忙碌的平日，這是很好的選擇。

D 沒計畫，做喜歡做的事

計畫太多，即使是假日也會累。
為了讓身體和心靈都能放鬆，
隨心所欲做自己喜歡做的事也是很棒的選擇。
但是要注意不要熬夜或賴床喔。

假日是讓心理和身體
補充能量的日子

平日因為要上學，時間有限，

一定要做的事非常多。

假日時，讓我們暫且放下「一定要做」的心情。

試著自由運用時間

做做自己喜歡的事、想做的事。

如此一來，可以讓身心都煥然一新。

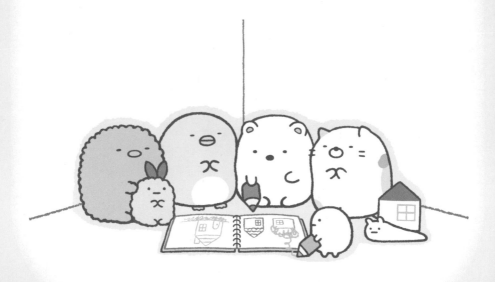

享受假日的祕訣

做到下列這幾項，
假日就能過得更快樂。

1.起床、睡覺時間與平日一樣

放假日的起床時間與睡覺時間，也維持和平日一樣。
熬夜或賴床會打亂生活節奏，請特別注意。

2.不要排入太多計畫

很多人如果假日不做點什麼，會覺得不安心。
家裡的事、朋友相約、補才藝等等，
排入太多計畫的話，反而會太累，
所以請選擇自己真正想做的事情。

3.注意不要看太多電視、
　玩太多電玩

專心做自己喜歡做的事是OK的，
但是據說看電視或玩電玩太久會傷害眼睛，
不要花太多時間喔。

嘗試在一週內完成一件事！

花一週
能完成什麼事？

START

曾經計畫過
用一週完成
一件事嗎？

Yes →
A 依計畫完成！

B 雖然計畫過
卻進行得不順利

No →

C 想要計畫看看

D 不知道
要做什麼

52

你選哪一個？

A # 依計畫完成！

經過長時間的計畫，並成功完成，
你已經懂得好好利用時間了。
成功的祕訣可以運用在其他事情上。

B # 雖然計畫過，卻進行得不順利

曾經計畫過就很棒了！
就算進行得不順利，好好運用那次的失敗經驗，
再嘗試一次吧？

C # 想要計畫看看

只是訂立計畫也能讓人感到興奮不已。
為了能順利完成，先擬訂出一週的計畫是祕訣所在。

D # 不知道要計畫什麼

想一想家裡的事、家人的事、學才藝、朋友的事，
有哪些比較難的事？
例如：記一首歌的舞步、做一道菜等等，
這些事都可以。

開始「1星期」的練習

只要可以制定出一週計畫，

就能做很多事喔。

例如可以挑戰房間大改造，

平日時先做準備，假日正式「執行」。

為了完成事情，做好計畫是很重要的。

切身感受「一星期」的時間感，

能做的事情越來越多，真好啊。

製作1星期的計畫表！

確定目標，想一想要如何制定計畫！

建議使用下面的表格

目標

房間大改造
(改變書桌的方向!)

可能需要花的時間

星期一	與家人討論	5分鐘
星期二	把目標寫在紙上，並貼在牆上	10分鐘
星期三	整理書桌的抽屜	10分鐘
星期四	整理書桌上的書架	10分鐘
星期五	丟掉不要的東西	10分鐘
星期六	打掃房間	30分鐘
星期日	搬動書桌（請家人幫忙）	1小時

＊上方計畫表，請自行複印P.137的附表使用。

角落小夥伴™

在房間角落旅行

①

企鵝
（真正的）

!!

有一天，角落小夥伴們收到正在世界各地旅行的
企鵝（真正的）寄來的信

②

沙沙　嚷嚷　　　　興奮

興奮

角落小夥伴們想像著世界各地的角落，興奮不已……

③

喀嚓

整理行囊、在牆上塗鴉、對著相機拍照。
大家一起享受在房間的角落旅行。

光想像要做什麼會更有趣，就讓人興奮不已。
首先從哪裡開始，接下來要做什麼，決定順序就是祕訣所在♡

56

第2章

成為
「時間大師」！

和時間做好朋友，日子會越來越快樂！
有很多祕訣可以幫助你趕快完成非做不可的事，
讓自由時間多更多喔。

何時會
集中注意力？

什麼時候
會「集中注意力」？
☑ 請打勾！

□ 看電視
　或電影時

□ 玩電玩時

□ 讀書時

□ 看課外書
　或漫畫時

□ 做嗜好的事時

玩電玩時

玩電玩很刺激，容易讓人維持著亢奮狀態，
一不小心就玩到忘我。會沉醉在電玩中，
表示你很集中注意力喔。

看電視或電影時

「接下來會發生什麼事？」、「劇情會怎麼發展呢？」
劇情高潮迭起引人入勝。這就是注意力正在集中喔。

看課外書或漫畫時

讀書不僅需要集中注意力，
也能提升想像力。
不只能集中注意力，還能訓練其他能力，真是太棒了。

讀書時

讀書時能集中注意力的你，真的很棒。現在，大約可以集中幾分鐘呢？
每天都計時一下吧。

做嗜好的事時

擁有嗜好，是很棒的一件事！
全神貫注之下，興趣也能做得更出色。

好好集中注意力

集中注意力是每個人都擁有的能力。

好好運用的話，就會好像魔法般，發揮很棒的力量。

注意力集中，能更投入喜愛的事物，

也能讓人做得更好。

除此以外，就算是不喜歡的事，也能很快完成。

只要能好好集中注意力，就可以完成很多事，

可以自由運用的時間也會變多。

集中注意力！

一起來看看集中注意力有多棒！

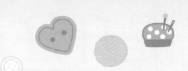

1. 可以盡情發揮自己的喜好

做自己喜歡的事，時間總是過得很快。
集中注意力，就會進步得很快，能做的事會越來越多，
讓你更閃閃發光。

2.「一定要做的事」可以迅速完成

讀書、作業或做家事，拖拖拉拉的，感覺花好多時間。
但是只要集中注意力，「努力5分鐘！」
很多事情都可以馬上完成。

3. 沒有事能難倒你

遇到不擅長的事，「不想做」，提不起勁嗎？
惡性循環，不想做的情緒會越來越膨脹。
所以，在「不想做」的念頭出現之前，集中注意力「做吧！」
一鼓作氣完成是很重要的，不想做的情緒就不會出現了。

提升注意力大作戰！

一起做

在家讀書的狀況
如何？

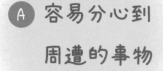

Ⓐ 容易分心到
周遭的事物

Ⓑ 一直在思考
手沒動

Ⓒ 一直坐在
書桌 前

Ⓓ 常常在休息

Ⓐ 容易分心到周遭的事物

關心周遭事物也很重要。但是，一旦決定「先做這個」，
先把其他不相關的東西收到看不到的地方，
這是提升注意力的訣竅。

Ⓑ 一直在思考，手沒動

思考對讀書來說，的確很重要。
但是，寫國字或算數學等等，都是需要動手的學習。
做這些學習時，專注去做就好，不要擔心其他事。

Ⓒ 一直坐在書桌前

不休息，一直讀書，真的很厲害。
可是，注意力其實並沒辦法持續那麼久。
偶爾休息一下，讀書效果會更好喔！

Ⓓ 常常在休息

為了集中注意力，適度休息是必要的。
休息時間與全心投入認真念書的時間兩者兼顧，
才能達到最佳平衡。

對不擅長的事物也集中注意力 就能馬上完成

不喜歡的科目作業、才藝的無趣練習，

做的時候，心裡若想著「真討厭」，

就會感覺時間過得好慢。

這時最好的方式就是集中注意力！

「再5分鐘就完成了」

「寫完這頁，就可以休息了」

試著這樣告訴自己，時間會飛一般過去，

很快就能完成。

提高集中注意力大作戰！

一起來學如何集中注意力的祕訣！

好多魚

先整理收東西！

身邊如果充滿跟讀書無關的東西，
容易讓人分心。
先整理收東西
是提高集中注意力的
重要關鍵。

設定計時器

先設定「1頁花5分鐘完成」
等目標，
確實用計時器計時看看。

設定獎勵時間

讀完書，預留一段時間
看喜歡的漫畫或電視節目。
知道等一下有「獎勵時間」，
動力和注意力都可以大大提升！

放鬆一下身體

休息時間時，手舉高再放下，
轉動脖子、
輕輕活動一下身體。
頭腦會更清晰喔。

你知道
如何規畫時間嗎？

一起來回顧
你怎麼度過一天的早晨！

 START

早上常常會覺得
「沒時間了」嗎？

Yes →

A 才起床
就快來不及了

B 不知不覺
時間就沒了

No →

C 家人會告訴我
幾點了

D 總能依預定時間
出門

Ⓐ 才起床就快來不及了

為了早上能順利準備出門，
起床時間是重點。如果早上起不了床，
前一天晚上記得早點睡，努力一下。

Ⓑ 不知不覺時間就沒了

你有好好想過，出門前的準備順序如何安排嗎？
想一想哪個步驟要花多少時間，訂立一個時間表試試看。

Ⓒ 家人會告訴我幾點了

該不會總是依賴家人「快點」、「還有5分鐘」的提醒，
才動作起來的吧。
下次試試自己看時鐘，注意還有多少時間！

Ⓓ 總能依預定時間出門

能順利完成出門前準備的你，
一定早就決定好早上的時間表，
沉著的完成各種準備。
真的是遊刃有餘呢。

善用時間
讓每天都閃閃發光！

時間充裕的話，就不用慌張，

能夠從容的準備，

還有時間檢查隨身物品。

心情也能感到平靜，

永遠保持沉穩。

好好利用時間，就能讓每天的生活

都閃閃發光。

創造時間的訣竅

自己創造時間，就是善用時間的訣竅！

珍惜零碎時間！

做某件事前後，出現的一小段時間，
稱作「零碎時間」。
例如：「距離洗澡時間還有5分鐘」的
「5分鐘」就是「零碎時間」。
整理書桌、做明天的準備⋯
想一想有哪些事可以
花5分鐘就完成。

讀書的時間是重點

夜越深，
注意力越不容易集中。
從學校放學回家，
盡快完成作業比較好。
集中注意力，
趕快完成吧。

避免「一邊這樣一邊那樣」！

比如一邊看電視，
一邊準備上學，
兩件事情同時進行，
是無法集中注意力的。
容易出現失誤，
反而浪費更多時間，
一定要改掉。

何時看電視
或玩電玩？

你是如何看電視或
玩電玩的呢？

 START

每天都會看電視或
玩電玩嗎？

Yes →

A 想看就看，想玩
就玩

B 設定好玩的時間

No →

C 偶爾看電視或
玩電玩

D 時間不夠
沒辦法看電視或
玩電玩

Ⓐ 想看就看，想玩就玩

隨時想玩都可以，真是太棒了。
但是會不會太入迷而忘記時間呢？
因為玩了太久，導致沒時間做其他事嗎？
先決定好玩樂的時間，再盡情的玩吧。

Ⓑ 設定好玩的時間

決定時間再好好玩，真的很棒喔。
電視或電玩，都可以先跟家人先說好，
在約定好的時間盡情玩吧。

Ⓒ 偶爾看電視或玩電玩

回答「偶爾」的你，是不是在周末
或有空閒時間的時候玩呢？
因為「好想看電視」、「好想玩電玩」，
所以「趕快把現在的事做完吧！」
這個想法是很重要的喔。

Ⓓ 時間不夠，沒辦法看電視或玩電玩

明明很想看電視或玩電玩，但是因為沒時間，只好忍耐著嗎？
例如：想看30分鐘電視的話，
只要能想想「我應該如何平衡管理自己的時間呢？」
每一天應該都可以過得很快樂。

無憂無慮　盡情享受！

太沉迷於電視節目或電玩遊戲時，

家人是不是曾經生氣的對你說過：

「把它關掉」、「你要看（玩）到幾點？」

寶貴的快樂時光，卻要心懷愧疚的玩，

真是太可惜了。

把一定要做的事先做完，再來好好玩吧。

也可以跟家人先約定好玩的時間。

如此一來，家人安心，

你也可以盡情享受玩樂。

★「愧疚」意指
　覺得自己做的事情不太好，心裡覺得不安。

享受看電視或玩電玩的規則

和家人一起決定規則，一起遵守規則！
○○的地方，和家人一起討論後，寫下規則。

建議做成表格！

看電視或玩電玩的規則

☐ 時間到了，自己關電視或 3C 產品。

☐ 一定要做的事優先完成。

☐ 絕對不說「一邊○○，一邊○○」。

☐ 超過○點以後，就不打開開關。

☐ 兄弟姊妹一起看或一起玩，互相禮讓。

☐ 看電視○○分鐘，玩電玩○○分鐘。

☐

☐

我保證遵守上述承諾。

簽名

＊表格請見 P.138，歡迎影印使用。

改變心情，
增加活力！

作業寫得有點煩！
這個時候會做什麼事
轉換心情呢？
☑請打勾！

☐ 聽點讓人有精神的音樂

☐ 休息，先做別的事

☐ 換個地方，例如：自己的房間、客廳、圖書館

☐ 活動一下身體，做些簡單的運動

☐ 吃點糖果、口香糖等小點心

你打了幾個勾勾？

5 個

你很善於轉換心情。像這樣轉換心情的話，
就不會白白浪費時間了。

3～4 個

你知道很多轉換心情的方法呢。
一定要試試以前沒嘗試過的選項喔。

1～2 個

只知道1個轉換心情的方法也好，2個也很好。
每次都用同一個方法，未免有點無聊，
也試試其他方法吧。

0個

選擇0個的你，屬於會認真完成作業的類型吧。
如果覺得有點累的話，
不妨試試左頁所列的5種方法。
偶爾轉換一下心情也不錯！

轉換心情
事半功倍！

據說，7歲小朋友的注意力
最多只能維持集中15分鐘左右。
也就是說，持續做同一件事時，
隨著注意力的消退，進度也會愈來愈慢。
所以，例如寫作業時，試著轉換一下心情。
「有點煩了」念頭一起，試著換個地方、
或動動身體。只要這麼做，
頭腦就會清醒許多。

轉換心情的方法

一起來找出
能讓自己重新煥發元氣的方法！

沒事做

寫國字
寫累了……

發出聲音
朗讀出來試試！

一個人獨自念書，
精神逐漸渙散時……

換到客廳去念！
有人看著你，
反而幫助你集中注意力。

總覺得
提不太起勁……

聽聽喜歡的音樂。
說不定就能提起精神。

時間是不是
浪費了？

曾經忘記過東西
或找不到東西嗎？

\\ START //

忘記東西 →

是常常忘記東西？
或是
常常在尋找東西？

尋找東西 →

A 因為不記得
而忘記

B 特別準備
還是忘記

C 完全不知道
放到哪裡去

D 找過了
還是不知道
放在哪裡

應該
是這裡

A 因為不記得而忘記

你是不是以為自己一定會記得？
不要只是記在腦子裡，
而是試著寫在便條紙或白板上，讓「粗心」慢慢消失。

B 特別準備還是忘記

特別準備好，卻忘記拿，
可能是因為趕著出門，來不及的緣故。
試著預留多一點檢查隨身物品的時間。

C 完全不知道放到哪裡去

你總是東西拿出來就擺著不管，到處都是？
找東西的時間，其實是不必要的浪費時間。
這些時間不如拿來當作自由時間運用。

瞄

D 找過了，
還是不知道放在哪裡

不知道東西放在哪裡，要尋找是很浪費時間的。
比如把帽子放在玄關、鉛筆放在書桌上，
像這樣把東西擺放在相關的位置，
就可以馬上想起東西放在哪裡。

一起來整理吧！

忘記帶東西，只好匆忙回家拿，

或是為了找東西而遲到，

這些都是不必使用的時間。

簡而言之，就是浪費時間。

為了防止這些情況發生，

整理好身邊的事物很重要。

房間整理好，可以減少找東西的時間，

頭腦也能整理一下，就不會忘東忘西了。

模　仿

整理的祕訣

不擅長整理的話，
首先從幫東西分類開始。

幫忙

我的東西

讀書

鉛筆、
筆記本等，
讀書的時候，
一定會用到的東西。

重要的寶貝

去旅行時
帶回來的貝殼、
朋友寫給我的信等等。
和其他東西分開，
不要混在一起。

玩樂

遊戲機等等。
和讀書需要用的東西
一定要分開。

興趣、補習

書法用具、
遊戲用的
泳衣或泳鏡等等。
同類的物品
放在一起。

培養規畫能力

你做美勞時，
會怎麼進行？
☑ 請打勾。

□ 坐在書桌前，
仔細研讀作法

□ 一開始就會
先準備好材料
和道具

□ 等膠水或
顏料乾時，
會找其他事做

□ 依照書上的
作法，
按部就班地做

吃了嗎…？

□ 先想一下
需要多少時間，
再動手做！

★「規畫」意指：
做事的先後順序。或是，決定先後步驟。

你打了幾個勾勾？

5 個

你在做事情前，懂得綜觀全局，
完全知道什麼時候該做什麼。
規畫能力很強喔！

3～4 個

你的規畫能力很不錯。實際製作美勞時，
注意一下有哪些是你沒有留意到的地方。
應該會比現在進行得更順利喔。

1～2 個

一邊做一邊思考，也是很重要的。
但是，動手之前，先想想怎麼進行會比較順利的話，
可以減少失敗或修正的情況喔。

0 個

左頁所列，是提升規畫能力的祕訣。
不只是美勞，做家事或寫功課之前，
先想一下要怎麼做，先後順序如何安排，可以事半功倍喔。

Let's 來幫忙　　　　　　　　　　啊 …

規畫能力是
提升速度的關鍵

在開始做事之前，先想想需要什麼東西？

先後順序如何安排，可以快速完成？

對要做的事，決定先後進行順序的能力，

就是「規畫能力」。

提升「規畫能力」，好處多更多。

可以減少失敗及修正機會，做起事來更順手、

更快速完成，也能創造更多時間。

為了提升規畫能力

思考一下步驟的先後順序。

☆製作
　生日卡片時……

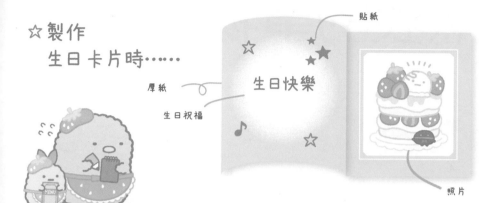

貼紙

生日快樂

厚紙

生日祝福 ♪

☆

☆

照片

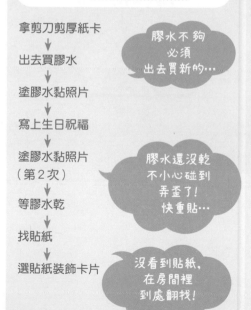

沒先規畫的話…

拿剪刀剪厚紙卡
↓
出去買膠水
↓
塗膠水黏照片
↓
寫上生日祝福
↓
塗膠水黏照片
（第2次）
↓
等膠水乾
↓
找貼紙
↓
選貼紙裝飾卡片

膠水不夠
必須
出去買新的…

膠水還沒乾
不小心碰到
弄歪了！
快重貼…

沒看到貼紙，
在房間裡
到處翻找！

知道要先規畫時…

準備好材料・道具
↓
拿剪刀剪厚紙卡
↓
寫上生日祝福
↓
選貼紙裝飾卡片
↓
塗膠水黏照片

事先準備好
所需物品。

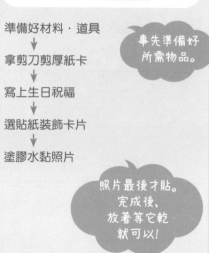

照片最後才貼。
完成後，
放著等它乾
就可以！

短時間就可以完成！

你有熱衷的事物嗎？

有什麼
會讓你熱衷入迷的
事或物嗎？

A

好幾個！

B

只有1個

C

還沒有

你選的是哪一個？

A 好幾個！

擁有好幾個的你，很棒喔。
每天都過得很精采吧。
要做的事情太多時，
小心不要半途而廢喔。

B 只有1個

擁有1個讓你熱衷的事物，很不錯喔。
好好運用時間，如果可以留更多時間給自己有興趣的事，
就更棒了。

C 還沒有

還沒找到會讓你熱衷的事物，也沒有關係喔。
花點時間去找找自己有興趣的事物吧。
找到了，一定會很開心。

「全心投入的時間」
可以讓你閃閃發光喔

喜歡的事物會讓人忘記時間的流逝，

做自己擅長的事也是如此。

專注於擅長的事，會越來越厲害，

擅長的事就會變成自己的專長。

換句話說，全心投入其中的時間，

會讓你閃閃發光。

做「一定要做的事」很重要，

「全心投入」的時間也很重要。

★「專長」意指

…特別優秀或是做得特別好的事。

找出讓你全心投入的事物

每天都要做的事中，可能就藏著
會讓你想全心投入的事物。一起找一找吧！

有喜歡的
學科嗎？

特別期待
或等不及
有那堂課的那一天。
那堂課
可能就是
你擅長的學科。

有哪些擅長
幫忙做的事？

例如：
幫忙做菜、
自動想要繼續做的事？
那可能就是
你「喜歡」的事！

對朋友正在學習的
才藝好奇嗎？

朋友正在努力
學習的才藝
會有「我也好想學」、
「好羨慕」的念頭嗎？
如果有的話，
或許那也是
你會感興趣的事。

「必須做的事」
與
「想做的事」

平日從黃昏到晚上，
你會做哪些事呢？
有的，請☑打勾

A	B
☐ 拿出準備要洗的衣服	☐ 看電視
☐ 寫作業	☐ 玩電玩
☐ 把聯絡簿拿給家長	☐ 做自己的嗜好
☐ 幫忙做家事	☐ 和朋友一起玩
☐ 準備明天的書包	☐ 看書或漫畫

哪一邊的勾勾比較多呢？

A比較多

A大多是「必須要做的事」。
平常都能確實做到，真的很棒。
但是，是不是放棄了太多「想做的事」？

B比較多

B都是「想做的事」。
B做得比A多，或許每天都過得很快樂。
但是請確認一下，「必須要做的事」有好好做嗎？

兩邊一樣多

A和B一樣多的你，
時間使用上平衡得很不錯。
如果A選項中，有沒做到的事，
盡量都完成它會更完美！

兩相平衡
輕鬆生活

在「必須做的事」與「想做的事」、

兩者之間取得平衡的話,

生活就能充滿活力、張弛有度。

其實長大以後也是如此,

必須在兩者間取得平衡過生活。

所以,趁你年紀還小,先熟悉,

對未來會很有幫助。

檢查時間表安排是否平衡！

把「必須要做的事」與「想做的事」寫下來，
再排出順序。

 「必須要做的事」比較多的時間表

做家事	寫作業	練習寫國字	整理明天的書包	學才藝
15 分鐘	1 小時	15 分鐘	5 分鐘	30 分鐘

時間表太滿
可能容易覺得累！

 「想做的事」優先的時間表

和朋友一起玩	看電視	玩電玩	看漫畫	寫作業	整理明天的書包
1 小時	30 分鐘	15 分鐘	15 分鐘	30 分鐘	5 分鐘

安排給
「必須做的事」
的時間
好像太少了！

 兩相平衡的時間表

和朋友一起玩	寫作業	練習寫國字	整理明天的書包	看漫畫	看電視
1 小時	30 分鐘	15 分鐘	5 分鐘	15 分鐘	30 分鐘

安排得
有張有弛！

每天5分鐘的「〇〇時間」！

每天你都會
用一點點時間持續做
的是什麼事？

□ 跳繩

□ 練習寫國字

□ 練習才藝

□ 讀課外書

□ 看看大自然

□ 其他

你選的是哪一個？

跳繩

可以跳很多下的話，很開心吧。
只有5分鐘時間，紀錄一下一次最多可以跳幾下。

練習寫國字

一次要全部記住很難，每天一點一點練習是很棒的想法！
經過一個月、半年之後，應該可以記住很多！

練習才藝

自己練習才藝。以網球為例，練習揮動球拍，
一點一點累積，身體就會慢慢習慣。

讀課外書

沒辦法馬上讀完的厚書，每天花5分鐘，一點一點讀的話，
能訓練注意力集中。對熟悉國字也很有幫助。

看看大自然

觀察花草樹木與蟲鳥。
或是看看天空，觀察一下天氣有什麼變化？

其他

功課、學才藝、嗜好等等，什麼都可以，
珍惜心中「我想去做」的心情！

每天踏出一小步
是通往目標的捷徑

每天5分鐘的練習，雖然沒辦法

馬上學會或是馬上記住，

但是，短短的五分鐘，每天累積下來也很可觀。

有一天就會發現，自己不知不覺學會了。

各位的頭腦與體魄都正值成長期，

刺激頭腦與身體，

就能釋放出強大的力量。

一起來做表格！

製作一張可以每天持續下去的計畫表。

提升跳繩程度大作戰！
[每天5分鐘，練習跳跳繩]

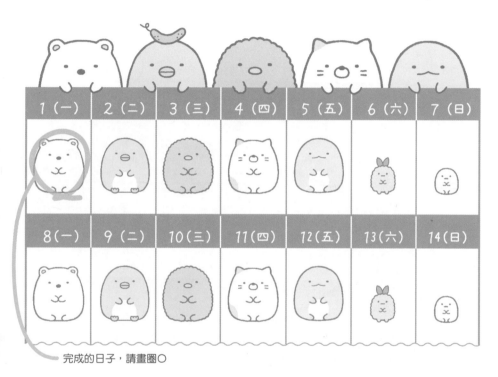

1（一）	2（二）	3（三）	4（四）	5（五）	6（六）	7（日）

8（一）	9（二）	10（三）	11（四）	12（五）	13（六）	14（日）

完成的日子，請畫圈〇

＊表格請見P.139，歡迎影印使用。

97

什麼是「休息」？

要研究的事情太多、
功課太多、
花太多時間
寫作業時，
你會休息嗎？

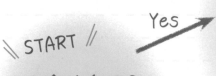

START

你會休息嗎？

Yes →

A 花少少的時間
做自己喜歡的事

B 停止動手，
腦中繼續思考功課

No →

C 不休息，
一直做

D 不是休息，
而是停下來

A 做自己喜歡的事

休息的目的之一，是為了振作精神。
做自己喜歡的事的話，
可以調整心情，告訴自己「繼續加油！」

B 繼續思考功課

把時間表謹記於心是很好的，但是讓身體休息，
頭腦卻一直思考的話，也不能獲得充分的休息。
暫時忘記功課，離開書桌一下也不錯！

C 不休息，一直做

想要一鼓作氣做完，真的很棒！
但是不讓身體休息，注意力會逐漸減弱，反而會花更多時間。
設定一個時間，休息一下吧。

D 不是休息，而是停下來

無論如何都沒辦法再繼續下去的話，停下來也是一個選擇。
但是功課沒做完，心裡也會牽掛著。
建議在還沒感到厭煩之前，先稍微休息比較好。

休息一下 重振精神！

長時間不斷重複同一件事的話，

不管是誰，都會覺得累，

注意力逐漸喪失。

在學校時，課堂與課堂間

也會安排下課休息時間。

這是為了透過短時間的休息，

讓身心恢復精神。

休息時間可以讓自己放鬆一下。

什麼都不用做，發呆也可以喔！

如何度過休息時間

找出讓自己放鬆、休息的方式！

發呆

只要望著天空，
或閉上眼睛。
什麼都不做，
讓心靜下來
也很好。

和家人或朋友
聊天

只要
跟父母親、兄弟姊妹
或好朋友聊天，
就能放鬆心情。

讀書或看漫畫

非常推薦
閱讀喜歡的書籍或漫畫，
進入想像的世界。
但是，要記得先決定時間，
以免不小心看太久。

設立目標！

你是如何
設定目標的呢？

擠~
擠~

擠~

Ⓐ 在腦中
想像

Ⓑ 不設定
目標

Ⓒ 把目標寫在紙上，
貼在家人
都看得到的地方

Ⓓ 把目標寫在紙上，
貼在只有自己
看得到的地方

SUMIKKO
GURASHI™

Ⓐ 在腦中想像

就算只是在腦中想像，能設定目標就是很棒的一件事。
但是只停留在腦中，萬一沒有達成目標，
很容易就會覺得「好吧！那就算了」。

Ⓑ 不設定目標

不設定目標的孩子很多。
如果有設定目標，就會為自己打氣「加油！」
達成目標，感覺會很棒喔。

Ⓒ 把目標寫在紙上，
貼在家人都看得到的地方

讓家人知道自己的目標，好處很多喔！
家人會幫自己加油，也會幫助自己達成目標。

Ⓓ 把目標寫在紙上，
貼在只有自己看得到的地方

寫在紙上是很重要的，
可以平心靜氣的看著自己的目標。
貼在容易看到的地方，
可以更激勵自己「一定要加油！」

目標是「終點」

目標就像是賽道上的「終點」一樣。

賽跑時，因為看得到終點，

所以會朝向終點，拚命的往前奔跑。

如果看不到終點，

容易分不清方向，不知該往何處前進，

甚至走錯路。

所以，不管要挑戰什麼，

確立目標是很重要的。

如何訂立目標?

製作表格，貼在容易看到的地方吧。

建議製作下列表格

在最醒目的地方
寫上大大的目標

目標

幫奶奶舉辦生日派對，
讓奶奶度過快樂的一天！

【前一天該做的事】

☐ 把邀請卡送給奶奶

☐ 買禮物

☐ 烤餅乾

☐ 收集大家的祝福語

寫下來，
可以更順暢的
做準備。

【當天要做的事】

☐ 去買花

☐ 打掃屋子，裝飾

☐ 幫媽媽做蛋糕

☐ 把拉炮分給大家
　（偷偷的傳給大家）

當天要做的事
也寫下來，
就不會慌亂。

完成的畫〇或打 ✔。

*表格請見P.140，歡迎影印使用。

角落小夥伴

壽司大會

① 壽司……

喜歡魚的貓。
提起嚮往的壽司……

②

角落小夥伴們也很有興趣。
於是舉辦了壽司大會。

角落壽司的製作方式

① 做醋飯

② 準備海苔

③ 放上飯和配料

④ 捲起來

⑤ 完成

其實，做料理時，規畫準備是很重要的。
開始做之前，在腦中先想想，
或先寫在紙上比較好喔！

106

第**3**章

設定適合自己的
時間計畫！

只要學會如何善用時間，
不管多大的目標都能達成！
找出適合自己的方法，成為「時間高手」吧♡

了解自己
是什麼類型！

想要達成目標，
你會怎麼做？

(A) 每天
進行一點點

(B) 不顧一切
魯莽往前衝

(C) 悠悠哉哉
慢慢來

(D) 有時做一點
有時什麼都不做
隨興所至

★「魯莽」意指
…不考慮後果，就動手去做。

你選的是哪一個？

A 每天進行一點點

你屬於一點一點勤懇努力的類型。
提不起勁時，休息一下，
或是少做一點，也是不錯的選擇。

B 不顧一切 魯莽往前衝

一旦決定要做，就集中火力，魯莽往前衝的類型。
為了能將能力發揮到極致，
建議也安排一些緩衝時間。

C 悠悠哉哉慢慢來

有自信的你，
屬於冷靜追求目標的穩重型。
為了不要太放鬆，
偶爾回頭檢視一下完成的進度吧。

D 隨興所至

興致一來，就會動手去做，屬於我行我素的類型。
但是太隨興，不做計畫的話，目標可能無法完成。
所以，訂立一些計畫，更容易激發動力。

製作
適合自己的時間表！

了解自己的個性，

對制定時間表會很有幫助。

例如：會持之以恆的人，

每天都安排一些進度。

喜歡一鼓作氣的人，

就在一週中某幾天進行。

像這樣，認真製作一份時間表，

往目標前進的過程，也會變得很快樂。

不同類型的時間表

一次看懂，配合個性
制定時間表的重點！

持之以恆

▼

將休息日放進時間表
提升效率！

一鼓作氣

▼

留一段比較長的時間，
創造專注的時機。

悠悠哉哉

▼

將回頭檢視的時間
放入時間表，
回顧進行的狀況。

隨興所至

▼

在快樂的事物中，
安排一段時間，
趁興致高昂時，往目標前進。

你的寒暑假計畫
如何安排？

面對長時間的假期
你會如何安排？

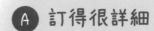

A 訂得很詳細

B 大致只訂大方向

\\ START \\

Yes

我會訂立計畫

No

C 腦中大概
有點想法

D 不訂計畫

★「大致」意指
…不在意細節，專注在整體進行狀況。

A 訂得很詳細

你已經懂得如何使用時間。

但是訂得太仔細，

沒辦法依計畫進行的話，可能會帶來困擾。

預留一些時間，進行中再適度調整吧。

B 大致只訂大方向

「差不多」訂了一個計畫，也是好的。

首先先以1週為單位進行計畫，

再慢慢填充更詳細的計畫細節，會更容易做到。

C 腦中大概有點想法

都有想法了，不如把腦中想到的寫下來。

眼睛看得到，更容易確認，

也能幫助你想起忘記的事情喔。

D 不訂計畫

想做的時候，再自由進行也可以。

但是，如果不訂計畫，最後會發現

必須要做的事累積得越來越多，時間根本不夠用。

訂好計畫，能讓你擁有更多時間與餘裕。

以1週為單位
訂立時間表

暑假或寒假，有一段較長的時間可以運用，

可以挑戰磨練才藝，

或專心做自己喜歡的事等等。

善用時間的重點就是確實訂立計畫。

但是，一開始訂得太詳細，一旦有一處沒達到，

往後都要調整會很辛苦。建議以1週為單位，

訂一個擁有餘裕的計畫。

★「餘裕」意指
…不緊繃，有可以調整的彈性。

一起來做計畫表

以1週為單位，訂立時間表。

也可以用來安排暑假作業進度。

鋼琴發表會的計畫♪

做到的那一天
畫個記號或蓋個章吧！

	第1天	第2天	第3天	第4天	第5天	第6天	第7天
第1週	7／18(一)	7／19(二)	7／20(三)	7／21(四)	7／22(五)	7／23(六)	7／24(日)
	先選出3首可以在發表會上演奏的曲目				與老師討論，選出1首曲目		
第2週	7／25(一)	7／26(二)	7／27(三)	7／28(四)	7／29(五)	7／30(六)	7／31(日)
	基礎練習（邀請祖父、祖母、朋友來參加發表會）						
第3週	8／1(一)	8／2(二)	8／3(三)	8／4(四)	8／5(五)	8／6(六)	8／7(日)
	重複練習不熟悉的小節						
第4週	8／8(一)	8／9(二)	8／10(三)	8／11(四)	8／12(五)	8／13(六)	8／14(日)
	從頭到尾，順暢彈奏			暫停練習（去外婆家玩）			
第5週	8／15(一)	8／16(二)	8／17(三)	8／18(四)	8／19(五)	8／20(六)	8／21(日)
	全心全意練習演奏（決定發表會時要穿的衣服）						
第6週	8／22(一)	8／23(二)	8／24(三)	8／25(四)	8／26(五)	8／27(六)	8／28(日)
		請家人來一起模擬發表會演出				發表會！	打電話謝謝大家
依照計畫完成了嗎？	得分95分	感想：因為訂立了計畫，進行得很順利。偶爾會偷懶，沒練習。					

留下一個計畫未如預期進行時，可以調整的靈活時間

＊表格請見P.141，歡迎影印使用。

（有短假期用、長假期用2種表格喔♥） 115

計畫不順利，怎麼辦？

發生意外事件，
導致時間表延遲，
你會怎麼辦？

START

重新訂立計畫?

Yes

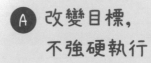

A 改變目標，
不強硬執行

B 重新審視計畫，
彌補落後的部分

No

C 像之前一樣
繼續進行

D 半途而廢

美味麵包的
作法

寫寫

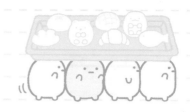

Ⓐ 不強硬執行

調整心態，設定另一個目標，也是一種方法。
能達成目標，就是一件很棒的事！

Ⓑ 為了彌補落後的部分，重新審視計畫

調整計畫，在短時間內達成目標的你，真的很努力。
但是，不要因為太辛苦，而犧牲睡眠時間。
小心不要太心急，
反而會適得其反。

Ⓒ 像之前一樣，繼續進行

偏離計畫，其實和走錯路是一樣的。
先停一下，思考如何前進到目標吧。

Ⓓ 半途而廢

有時會因為跟計畫的不一樣，感到厭煩而放棄。
但是，只要走過就會留下痕跡！
既然已經做到一半了，不妨試著重新訂一個新計畫。

滾滾

計畫是可以修改的

好不容易訂好的計畫，進行得不順利，

會讓人感到懊惱，不想繼續下去吧。

但是，如果就此放棄的話，

好不容易努力到現在的成果，

就要化做泡影，實在很可惜！

如果計畫無法順利進行，

往後調整一下計畫完成日、

或把目標調整得容易一點，重新修改計畫就可以。

好相似⋯

修改計畫的要點

回頭審視計畫無法順利進行的原因，
想一想怎麼做比較好！

1.確保時間不會太緊迫

原來的計畫是不是有不切實際的地方呢？
例如：強忍不做喜歡的事，每天都連續念書好幾小時，
這樣很容易中途就讓人感到疲累。
試著安排休息日、每一段讀書時間短一點等等，
調整成寬鬆一點的計畫吧？

2.事情未依計畫進行是正常的

事情要百分百依照計畫進行是很罕見的。
因為有可能突然有急事發生、或是身體突然不舒服。
不需要太在意，放鬆心情，重新調整計畫吧。

克服
不擅長的功課！

你最不擅長的暑假作業
是什麼？
一起來打勾

抖

A

□ 練習本・問題集

□ 自修

□ 自然觀察日記

B

□ 自由研究

□ 畫圖

□ 美勞

登山

★「克服」意指

…困難的事或痛苦的事都能完成。

120

哪一邊的勾勾比較多？

A比較多

你是不是不擅長每天需要持之以恆去做的事？
克服的祕訣是，在早上注意力集中的時候先做，
參考第97頁，做一張每天都可以檢視的表格。
與其在暑假結束前，匆忙完成，不如一點一滴慢慢做，
輕輕鬆鬆完成，暑假會更快樂。

B比較多

你是不是不擅長需要花長時間完成的作業？
如果累積到暑假後半段，可能做不完，
或隨便交差了事。
假期前半段先做自由研究，中段做美勞等等，
建議先決定在哪個時間段做好。
請使用P. 115的表格，以1週為單位設定計畫。

作業可以順利完成
暑假更快樂！

暑假一定有暑假作業。反正一定要做，

不如快樂、快速地完成它。

重要的是先了解有哪些作業、

有多少數量。

了解後，就更容易訂立計畫，

能更順利進行。

作業如果可以更順利完成，夏天的快樂時光就更多，

一起加油吧！

暑假也要注意生活的節奏

生活節奏一旦打亂，身體狀況會變差，
當然作業也會完成不了，連玩都不能盡興。

 ## 暑假需要注意的事

三餐要
正常吃

不要都待在家裡
也要到戶外走走！

（小心不要中暑喔）

早睡早起

保持
服裝整潔

不要
看太多電視
玩太多電玩！

為了每天
都能堅持下去，
該做什麼？

鏘

要怎麼
使用計畫表？

B 畫上○或Ｘ
記號

A 貼貼紙

C 寫下
留言日記

Ⓐ 貼貼紙

例如：做到就貼上紅色貼紙；

沒完全做到，貼上藍色貼紙，

像這樣，用不同顏色的貼紙，讓自己知道完成度如何。

準備一些可愛貼紙或卡通貼紙，貼的時候，樂趣更多。

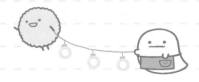

Ⓑ 畫上記號

依照進行的狀況，畫上○、△、ⅹ等記號。

看到滿滿的○，會讓人幹勁十足，

為了能畫上更多的○，應該會更加努力！

Ⓒ 每天給自己一句話

「太完美了！」、「只做了一半」等等，

根據當天的完成度留下一句感想。

為了能留下好的留言，會更想努力喔。

呵

讓成就感與快樂
能天天持續下去的祕訣

如果能依照計畫進行，真的會心情大好。

為了能常常獲得那股成就感與快樂，

很多事就能堅持到最後。

在計畫表上貼貼紙、畫上記號、

寫下一句話也好。確認計畫表的進度

變得更快樂，也會讓人更有動力！

★「成就感」意指

…靠自己完成一件事後，快樂的心情。

做一面獎勵板

完成了自己設定的小目標之後，
要記得給自己一個獎勵。
可以寫在白板之類的板子上喔！

 獎勵板

暑假作業的數學練習本

◎ 小目標

1天寫1頁。連續1週！

★ 獎　勵 ★

做完當天的部分，可以享受下午茶時光。

◎ 小目標

訂正錯誤的地方！

★ 獎　勵 ★

都改好了，
晚餐請媽媽做起司漢堡排！

嘗試
新的挑戰吧！

懂得善用時間後，
就能騰出更多的時間。
這些時間，
你想怎麼運用呢？

A 沒試過的
運動

B 手作、手工
藝、繪畫等

C 做菜
或做甜點

D 唱歌
或跳舞

E 厚書
或小說

你選哪一個呢？

A 沒嘗試過的運動

挑戰新運動項目也是很好的選擇。
好好運用騰出來的多餘時間，應該很快就可以上手了！

B 手作、手工藝或繪畫等等

花點時間，不管是手作、手工藝或繪畫，創作一個「大作」吧！
完成作品後，會更有自信喔。

C 做菜或做甜點

自己製作喜愛的餐點或甜點，會覺得更美味吧！
和家人一起做，或請家人教你怎麼做，都可以喔。

D 唱歌或跳舞

挑戰一下成為歌手的感覺。
要背歌詞、記舞步，可能不容易，
但是如果做到了，一定會很開心！

E 厚書或小說

頁數很多的書或是有好多集的系列小說，看完也會樂趣十足。
讀完之後，會讓人有滿滿的成就感！

花在許多事情上的
這些時間
將來說不定會很有幫助

花時間在自己喜歡的事物、嗜好上，

是很棒的一件事。

提升自己的程度，

能發掘出

連自己都不知道的能力。

現在花時間埋首努力的事，

也可能和未來的工作有連結喔。

挑戰看看？

介紹你幾個時間足夠時，可以做的事。
除了下方建議，
找一找和你嗜好相關的事來做。

閱讀
朋友介紹的
書！

鑽研
劍玉的
技巧！

成功複製
心儀歌手的
舞蹈！

種一株牽牛花
至取得種子為止！

學會
一個人
做咖哩！

練習
一次跳繩
100下！

★「劍玉」是一種日本傳統玩具，以劍身和圓球組合而成。

善用時間是快樂之道

善用時間後，

必須做的事能迅速完成，

快樂時光越來越多。

也就是說，

想到「糟糕了」、「好麻煩」的時候

變少了，

感覺到「好開心」、「好興奮！」的時候

變多了。

做自己喜歡的事時，

沉醉在興趣或嗜好的快樂時光中，

讓自己更加閃閃發光！

當自己隨時都發著光，

每天都會過得很快樂♡

善用時間是讓自己快樂的捷徑。

所以，請珍惜時間，每天都過得更充實♪

角落小夥伴的早上

體操

感情好好收音機體操♪

角落小夥伴的白天

在角落偷偷吃飯糰

角落小夥伴的傍晚

一起享受泡泡浴

角落小夥伴的夜晚

在沙發上打瞌睡

能做很多自己喜歡的事，內心會更柔軟、
更快樂♡ 一邊看時鐘，一邊做事很重要，
但是如果太在意，反而會讓人煩悶。
必須要做的事完成後，
不妨享受一段優閒自在的時光吧♪

附 錄

本書用到的表格♡

本書中介紹過的表格，請影印後使用。
和角落小夥伴一起成為善用時間達人！

1週的時間表

目標

可能需要花的時間

星期一

星期二

星期三

星期四

星期五

星期六

星期日

＊使用方法請見P.55！

看電視或玩電玩的規則

☐ 時間到了，自己關電視或3C產品。

☐ 一定要做的事優先完成。

☐ 絕對不說「一邊○○，一邊○○」。

☐ 超過○點以後，就不打開開關。

☐ 兄弟姊妹一起看或一起玩，互相禮讓。

☐ 看電視○○分鐘，玩電玩○○分鐘。

☐

☐

☐

☐

我保證遵守上述承諾。

簽名

每日持續計畫表

大作戰!

[   ]

(一)	(二)	(三)	(四)	(五)	(六)	(日)
(一)	(二)	(三)	(四)	(五)	(六)	(日)
(一)	(二)	(三)	(四)	(五)	(六)	(日)
(一)	(二)	(三)	(四)	(五)	(六)	(日)

＊使用方法請見P.97！

代辦事項清單 ＜週末或連續假期用＞

目標

【前一天要做的事】

- [ ]
- [ ]
- [ ]
- [ ]
- [ ]

【當天要做的事】

- [ ]
- [ ]
- [ ]
- [ ]
- [ ]

SHABONDAMA
GOKKO

＊使用方法請見 P. 105！

計畫表 <短假期用>

計畫

	第1天	第2天	第3天	第4天	第5天	第6天	第7天
第1週	／( )	／( )	／( )	／( )	／( )	／( )	／( )
第2週	／( )	／( )	／( )	／( )	／( )	／( )	／( )

依照計畫完成了嗎？	得分 分	感想：

＊使用方法請見P. 115！

計畫表 ＜6週（暑假等）用＞

	第1天	第2天	第3天
第1週	／（　）	／（　）	／（　）
第2週	／（　）	／（　）	／（　）
第3週	／（　）	／（　）	／（　）
第4週	／（　）	／（　）	／（　）
第5週	／（　）	／（　）	／（　）
第6週	／（　）	／（　）	／（　）

依照計畫完成了嗎？

得分

分

　＊使用方法請見 P.115！

夏日倦怠

第4天	第5天	第6天	第7天
／（ ）	／（ ）	／（ ）	／（ ）
／（ ）	／（ ）	／（ ）	／（ ）
／（ ）	／（ ）	／（ ）	／（ ）
／（ ）	／（ ）	／（ ）	／（ ）
／（ ）	／（ ）	／（ ）	／（ ）
／（ ）	／（ ）	／（ ）	／（ ）

感想：

監修

藤枝真奈

御茶水女子大學附屬小學國語教師。

擔任《咦？為什麼？不可思議366》(主婦之友社)「字」篇監修。

著作(共同著作)有《活用「感性思考」與「理性思考」,「提升文字能力」

教學規劃》(明治圖書出版)、《國語科教學研究延伸：教師與孩子的協作

教學創新研究》(東洋館出版社)等等。

Staff　(日文原書)

構成・文	西野 泉(株式會社WILL)
書籍設計	橫地綾子(フレーズ)
編輯協助	坂本 悠、桐野朋子、濱田美奈惠(San-X株式會社)
校對	滄流社
編輯	青木英衣子

角落小夥伴
善用時間的方法

[總編輯] 賈俊國　　　[行銷企畫] 張莉滎・蕭羽猜・溫于閎
[副總編輯] 蘇士尹　　　[翻譯] 高雅洊
[編輯] 黃欣

發行人　　何飛鵬
法律顧問　元禾法律事務所 王子文律師
出　版　　布克文化出版事業部　115台北市南港區昆陽街16號4樓
　　　　　　電話：02-2500-7008 傳真：02-2502-7676 E-mail：sbooker.service@cite.com.tw
發　行　　英屬蓋曼群島商家庭傳媒股份有限公司城邦分公司
　　　　　　115台北市南港區昆陽街16號8樓
　　　　　　書虫客服服務專線：02-25007718；25007719 24小時傳真專線：02-25001990；25001991
　　　　　　劃撥帳號：19863813；戶名：書虫股份有限公司　讀者服務信箱：service@readingclub.com.tw
香港發行所　城邦(香港)出版集團有限公司　香港九龍土瓜灣土瓜灣道86號順聯工業大廈6樓A室
　　　　　　電話：+852-2508-6231　傳真：+852-2578-9337 E-mail：hkcite@biznetvigator.com
馬新發行所　城邦(馬新)出版集團
　　　　　　Cite (M) Sdn. Bhd. 41, Jalan Radin Anum, Bandar Baru Sri Petaling, 57000 Kuala Lumpur,
　　　　　　Malaysia
　　　　　　電話：+603-9056-3833　傳真：+603-9057-6622 Email：services@cite.my
印　刷　　韋懋實業有限公司
初　版　　2024年8月5刷
定　價　　330元
I S B N　978-626-7431-30-6
E I S B N　978-626-7431-33-7(EPUB)

SUMIKKOGURASHI NO JIKAN NO TSUKAIKATA GA JYOUZU NI NARU HON edited by Shufu To Seikatsu Sha
Co., Ltd. Supervised by Mana Fujieda
Copyright ©2024 San-X Co., Ltd. All Rights Reserved.
Original Japanese edition published by SHUFU TO SEIKATSU SHA CO.,LTD.
Traditional Chinese translation copyright ©2024 by Sbooker Publications, a division of Cite Publishing Ltd.
This Traditional Chinese edition published by arrangement with SHUFU TO SEIKATSU SHA CO.,LTD., Tokyo,
through Haii AS International Co., Ltd.

城邦讀書花園
www.cite.com.tw　布克文化
WWW.SBOOKER.COM.TW